U0782727

一条河流缓慢推动大海

韦 佐 ◎ 著

山西出版传媒集团  北岳文艺出版社
BEIYUE LITERATURE & ART PUBLISHING HOUSE

·太原·

图书在版编目（CIP）数据

一条河流缓慢推动大海／韦佐著. -- 太原：北岳
文艺出版社，2024.6

ISBN 978-7-5378-6864-8

Ⅰ.①一… Ⅱ.①韦… Ⅲ.①诗集-中国-当代
Ⅳ.①I227

中国国家版本馆 CIP 数据核字（2024）第 099903 号

一条河流缓慢推动大海

韦 佐 ◎ 著

出版发行：山西出版传媒集团·北岳文艺出版社

出品人
郭文礼

地址：山西省太原市并州南路 57 号　邮编：030012

电话：0351-5628696（发行部）　0351-5628688（总编室）

传真：0351-5628680

经销商：新华书店

责任编辑
范 戈

印刷装订：四川科德彩色数码科技有限公司

开本：880mm×1230mm　1/32

装帧设计
书香力扬

字数：157 千

印张：6.75

版次：2024 年 6 月第 1 版

印装监制
郭 勇

印次：2024 年 6 月四川第 1 次印刷

书号：ISBN 978-7-5378-6864-8

定价：48.00 元

目录

Contents

▼
▼
▼

第一辑

第二辑

第三辑

第四辑

第六辑

第一辑

用竹篮打过的水

几十年后

就这样一一流到我们身边

想起当年用竹篮打过的水

黄昏时分。西海湾这天然泳池
从平坦、辽阔渐次过渡到
四下茫然之境

结束海浴。从水中抽身、抬头
隐约看见海堤上
有人提着竹篮路过

让我第一次想起童年
用竹篮打过的水
几十年后
就这样一一流到我们身边

2019 年 8 月

雨夜涠洲岛

仅凭一记雷声就完成了合围
千万年来这涠洲岛
从未撤退，也无从撤退

海菠萝、仙人掌，还有相思林
这故地的草木等事物
仅凭一道闪电
我就白天一样认出它们的姓名

此刻，夜比水深
而思念比雨声密集

遂记起白天路过山巅
遇见摩天灯塔——
这大海之眼，一定也在失眠

但它闪烁的航路
仍不及一次守候那样遥远

2021 年 8 月

散散步，就到了广东

晚风匍匐。一只灰背鹭低飞
像在扫描黄昏的去路

"再往前一两百米，
就是广东的村庄和田地"
阿文老师告诉我
省界将在我们脚下交集

走着走着，鸭子们竞赛般的叫唤声
一阵高过一阵地传到了广西

太多年前和数年之前
搭乘绿皮火车、客车和动车
去过深圳和广州南站

城市与城市距离那么遥远
城乡之间，更像地球的两极

未曾想过有朝一日
从合浦县山口镇牛主坝村出发——

散散步十多分钟
穿过黄昏，顺利抵达了广东

2019 年 10 月

在防城江入海口

江河昼夜叙述，说不尽历朝历代
就像叙述自己的前世今生

比如，一条防城江的来历
流自先秦百越境地
象郡或合浦郡
再由广东流回广西

郡县时代，不知春蚕是否
学会了睡眠
醒来后才吐出第一缕丝绸

潮水退去，雨季如期涌来
鱼鳖由江入海
贝壳堆积如丘
像泥土风化或木已成舟

只记起东汉苍茫月色
铁甲踏马归去
如虹剑气却长映山海边关

留下几多传说和地名
就像遗产，一直沿用至今

比如，仙人山、将军山、马鞍坳
防城、滩营、水营
犹有干戈舞动，兵勇叫阵
一切，恍如千年耳鸣

2019 年 9 月

最低处那片月色

夜深得就要见底了
月光才来
只为看一眼
溃退的大海是否安在

几十年了，月色依然朗照
此生，却亏欠它
一座观海楼
一条秋日登高的步道

如似今夜，大海再次功成身退
透过十六楼窗口
第一次看见
最低处那片月色
有如万物臣服，时光沉睡

2021 年 10 月

船志

相当于心脏搏动的马达声
早已熄灭
此后不再过问江湖海河

沦陷在浅滩处。白帆破落
像一面投降的旗帜
舢板分裂着
如同零散的航行编年史

激荡已成往昔
庆幸，晚年还能返回故里
像是告老而端坐于公园深处
肋骨变身为一张硬木长椅

就像一则简约的船志：
来自山中，一生出没风波
海浪啄空的一身孔洞
就像被时光千百次击穿的枪眼儿

2022 年 11 月

一条河流缓慢推动大海

从入海口或马达声中溯流而上
一定会抵达深山的咽喉
和森林的阴影
就像探索到透明生命的源头

无需论证溪涧是否早于江河
雨滴早于云朵或晚于草尖
如同无从查实
欢乐是否先于苦痛
而对先于错，或爱先于恨

先人鱼贯般涉过忘川
世事仓皇、散乱
如黄昏阵雨
唯有时光镇定有如磨盘

转眼日暮。波涛早已息怒
白鹭淡出青山以外

剩下的一条河流背负月光
缓慢地推动大海

2022 年 3 月

感激

一地落叶其实是一棵树
为换取春天而付出的
所有钱币

花朵打开，像新鲜的呼吸
新叶红绿着
那都是最美丽的利息

终有一天，我的沉默
化作一块碑石
每阵秋风仍是急切的应许

水在流，树在长
鸟鸣替代我唱出所有的感激

2022 年 3 月

沿着湖边曲径

并非要包抄或布局什么
就像曲径穿越和环绕
一座湖泊

黄昏雨点散乱如逃兵
幸而海湾临近
雨水转身就能投奔大本营

湖面灯影晃动
像游鱼追逐又瞬间忘形

涵管入水口，漩涡盘旋
就像隐蔽的活结

红树林是否象征抵御的意义
只有滩涂、海堤知根知底

河流命从潮汐。不像湖泊
咸淡适宜，且去留自主

2022 年 3 月

吃水线微微晃荡（组诗）

黄昏像短暂打盹儿

潮水如钟摆反复琢磨沙滩
像要赶在黄昏之前
磨合所有岸线

落日的烟蒂被烟波摁灭
海平面绷紧的弧线
渐渐松散

天幕沉沦，海面渐渐抬升
像在吻合和慰问

春末在白浪滩，黄昏只是
短暂地打盹儿
远近处渔灯一闪一闪
像苏醒之后，心明眼亮

夜鹭出没

风声平静，大海略显沉默
像是为了时空的愈合

海鸥收回自己的去路
灯光下红蜻蜓盲飞
就像陷入迷途

黄昏过后，夜色的密度
因海水继续碾压沙滩
而更加紧实

春夏之交，夜鹭出巢
利用自身灰白
引出月光
月光继而恢复了大海的情状

吃水线微微晃荡

停泊时，船身上白色横线刻度
仍无法抚平潮水的心绪

船只在丈量自己动荡的一生
此时，海面多平坦

仿佛航道处处
却从未留下任何擦痕或形迹

海浪絮叨或暴怒而大小岛礁
一直隐忍，并非与谁对峙

航灯标白天假寐，黄昏后清醒
就像遥相呼应的惊叹号

如果浅蓝只是敷衍
而深蓝才具备吃水的深度

2023 年 5 月

疏浚船作业多么神秘（组诗）

隐者

夜行海堤。被大雾包藏为隐者
就像一桩无法张扬的失踪事件

就这么越走越远
越走越深，仿佛走失在人间

大雾多充实

大雾持续聚集、扩张和下沉
像用尽所有赌注
直到海湾融为大雾的全部

此方天地无处空虚
我独自探入，就增加了一分拥挤

沦陷

雾气太重，埋没了轻舟

身处入海口
看不出江河被大海占有

沉默太久，就像无头积案
线索愈加模糊
像一个健忘者多次错过自首

耳语

大雾为天地伸出无数触须
一棵树和另一棵树
失去了距离

万物在传递各自的秘密
雾气多像无声的耳语

法力

大雾这把锁具有无边法力
航标灯光被幻化为
浮动的乳汁

夜雾比海深。疏浚船被隐身
马达声声，有些压抑
却在泄露连夜作业的秘密

2023 年 2 月

每一阵涟漪都比皇恩浩荡（组诗）

圆心

就像缓慢的旋风或弧线
一队鹭鸟临水低飞
天天练习画圆

在西湾，潮水临时返还了
滩涂和红树林
这平坦地带
略小于一副翅膀的半径

来自宋词里的飞翔
不是古典的遐想
而是日常熟视的景象

即便仍以鱼虾为圆心
以浅水为周长
天空也因此变得灵动、轻盈

浮金

秋风起，微澜像时光的皱纹
夕阳倾斜角度
像要镀尽密集的吻痕

不只是铺张了一万亩水面
这破碎的黄金
就像一笔虚拟的财富

日落时分，千金散尽
黄昏后一席月光
像风的名声留下一生清白

不像时光

日落时分，潮水大规模撤退
像搬运巨量海水
驰援另一处亏空的沙滩

清晨时又涨回最高潮位
这暗中的自满
就像月下畅饮留下宿醉

所谓的生路便是潮汐般

来去自如，并足以抚慰

苹果独自坠落
云朵随性飞升
不像时光从无进退
也从未残缺
却又让人说不出如何的完美

每一阵涟漪都比皇恩浩荡

西湾连通海上潭蓬古运河
回响着汉唐的斧锤之声

这在暖冬，微波颔首微笑
不知道哪一道抬头纹
会接近终老
却因为江河注入更显年轻

谁能拴住浪花打开的结
海平面隆起弧线
像要弹奏月下悠长的琴弦

冬日临近，鸥鹭晾开翅膀
仿佛预备一场冬眠

偏安一隅，却比春风温暖

西湾如长者般慈祥

此日黄昏明显缓慢于以往
一年里风调雨顺
每一阵涟漪都比皇恩浩荡

船到夜深

仅凭马达声只听得出
船只的动静而不是动向

就在大白天，也看不出
船只与江湖有多少来往

如同凌晨时分，你也无法分辨
船只在运输真实的重量
或仅仅是满载了一船的月光

2022 年 11 月

鲸落（组诗）

水族的动词

扑腾着鱼字旁的连排活字
一个个玻璃方格
多像书写中的作业本子

比如，鲈、鳗、鳟、鲳……
彼此做成了透明的邻居

增氧机延续着下一阵呼吸
游泳像挣扎，多么拘泥

一座江湖会连通另一座江湖
不像一条鱼，顷刻间忘记
另一条鱼

细浪如目，岸线如纲
大海本是一张无边巨网

饲料颗粒如小数点般精细

海洋牧场画出有限的周长

近海水域依然浩荡
却不再是鱼的故乡

致命之光

外表鲜黄。这蠕动的鱼饵
不过是徒具虫形的塑料条

临摹蚯蚓表演。简易的仿生学
随波抖动，舞蹈般妖娆

渔船上一锅清水沸腾多时
姜丝、蘸酱、芥末
米酒、碗筷也静候多时
只为鱿鱼，这芙蓉般出水的主角

潜沉的一圈圈爆炸式鱼钩
十数倍的危险系数
仍只是趋光性的百分之一

崭新而柔软的一卷小铺盖
追光一次
就完全交付自己的一生

鱼在树上

多像人类幼年，弹涂鱼
最喜欢滩涂和泥水

用三亿年时光完成登陆
何其漫长的进度
仍在潮水进退之间重复

用弹跳的方式行走
一生的泥泞，而从未止步

莫道缘木不可求鱼
当你还来不及温习典故
弹涂鱼已悄然上树

鱼马之间

触不同类，自然无法旁通
像剪贴不同于拼图

马头鱼，马头鱼，马头鱼
天生的象形面相
看上一眼就记住它的名字

斑斓鱼市。是谁复制了
一张马脸的面具

马头鱼薄冰一样冷静
我却隐约听到海水深处
隐约的嘶鸣

墨鱼的证词

"乌贼",像顽童顺口叫的
墨鱼,才是先生起的学名

无法自证清白,也不必记挂
还有个"花枝"的称谓

不具鱼的形神而徒有虚名
一肚子墨水怎能写尽
一生的证词

瞬间抹黑的速度
像逃脱者的哲学

鲸落

鲸的陷落比深潜更具神秘性
就像海底,一座冷知识库

头顶上闪过银鱼群的灵光
就在夏日黄昏海浴时
从未想象大鱼
就是从天边赶来的层层白浪

深深海底，像天空的根部
鲸落，新生部落花园
万千游鱼是它
不息的转世

2021 年 8 月—10 月

一些石头把风压住（组诗）

秋日沙滩

大海被牵引到落日方向
云水闭合时
各自辽阔却又相互苍茫

海螺和空贝壳倒贴于沙滩
像要扣住远去的涛声

鱼骨架和破渔网
记下一对宿敌的两败俱伤

这是庚子年和辛丑年秋天
海滩多温和，又多空荡

还有什么足可珍藏
唯一地沙白和无边月光

身为瓦房

再走就会陷入车辕林深处
无前车之辙
也没有铃儿响叮当

大海持续吹送千万枚响哨
风声像无数兵勇
而身为瓦房
注定此生已无计可逃

幸而，被一块块石头镇住
每架屋顶总是额外负重
才得以瓦全

和解的蓝

尽可横枕涛声入眠
当星级酒店耸立于防风林前

避雷针高过桅杆
玻璃墙复制大海深蓝
一面对峙不可预知的风暴
一面要表达坚守与和解

就像玻璃，那是淬火后
石头才变得透明

或以石头的另一种形式
把一场更大的风
暂时压住

礁岛即景

旧石阶歪斜，参差
如老酒鬼的醉态
步步向下
像要晃动整座大海

夕阳被远山按下
潮水暗送下一排浪花

礁石的面孔黧黑、粗糙
像潜伏者的夜色
校正一段偏离的航道

亿万年前，火山喷涌
大海被千百次灼伤
怪石如碑铭，陈述传世荒凉

不像成年蚝蛎，刀丛般的外壳

却包裹最柔软的内心

天色黑成礁石的模样
却锁不住海浪撞击的声响

石壁的箴言

峭壁耸立，既像迎接
又像时刻抵御每一阵巨浪

千万里如约般奔赴而来
重复拥抱的，却是一场破碎

很难探究海水和石头
谁的由来更为悠久
或当初，是谁为谁
领读那句仿佛爱情的誓言

所有看不见的石头——
生命星球的整个骨骼
背负整个海洋
一同承受月光旋转的重量
像永远的卧底，功名深藏

风的生命

每一块石头内心都珍藏过
无穷的雷电和飓风

多少事物，曾经多么坚硬
却终将被岁月蛀空

当石头憔悴不再行进
风仍在走
风的生命大于石头，小于光阴

2021 年 11 月

白鹭反复模仿大雪

今日气温，二十二摄氏度
让冬天暖于许多春天
让大雪节气虚有其名

就像用手指写下烈焰或火光
一张白纸依然完好无损

不像此地：界河——北仑河入海口
连片红树林的苍翠之上
白鹭们的四季告白

不在乎继续南飞而成为国际白鹭
它们就地盘旋，纷扬
像在反复模仿一场缓慢的大雪

2021 年 12 月　农历大雪

第二辑

是日，阳历3月15日

独自行走湖畔

仿佛第一次消费了春天

低头找路时，高杆灯亮了

黄昏里，我的视线草木一样
模糊而陌生
直到博物馆和群艺馆之间
隐秘的交叉小径，和横亘的花圃

迟疑间，我低下头寻找出路
半空中突然缓慢地爆破——
瀑布一样的蓝光

抬头时，看见菩提树枝叶
在秋风里一闪一闪
像在诵经，又像在轻轻拊掌

2019 年 10 月

朝东，遇见了黄月亮

记得当晚为农历十八
是回到家里无意看见挂历的时候

不是说，我只是行走在新历上
而是时光就像步道和布道
让你听不出两样

一旦你走了路，虽无意预设
势必也会走出某种情况

比如，我出自西湾的黄昏
就在一个平常的晚上
遇见了黄月亮
高高悬挂在一排菩提树上

事实上，先是遇上黄月亮
才想到走在朝东的方向

2019 年 10 月

列车掠过松冈

第一次抵达那片低矮的松冈
就在老城区灰白的鬓角上

夕阳隐没，像坠落青云之志
泥土路陷入雾霭
像在还乡
松树林浓于暮色
仿佛增加了大地的重量

天幕缀满星光，而风声
独自拊掌
秋虫如草根歌手
在黑暗里独奏或竞唱

穿透林隙，突如其来的光亮
是长驱直入的货运列车
和它的三两声鸣笛

钢铁在切磋，急切而密集
夜色以同等速度赶上

及时填补车灯撞开的空荡

多年来，不复再去那片松冈
就像从未去过那片松冈

2018 年 11 月

过菩提树下

四月天，菩提树新叶初放
像一蓬冲天篝火
愈烧愈烈
是因为浇了一场又一场雨

2019 年 4 月

厨中的寂静

"咕噜咕噜……"电饭锅沸腾
就像肚子空洞时发出
轻微的警报声

这是一台微小的蒸汽机
沉浮的淡白色大米
又要为我提供半天的动力

只是一个人的早餐和午餐
从五谷杂粮里
习惯取用其中的五分之一

所有胃口，不过是回忆的重复
所谓生活，不过是一锅白米粥
是短暂的沸腾
及其此后，长久的沉默

2019 年 9 月

深呼吸

冬夜收藏了所有虫鸣
一池月色独自寂静

荷枝已然干涸而大打折扣
就像水墨画面上
一只只弧形或三角形提手

那么明显的季节转折标记
仿佛还要提示什么
或要提取什么

蛙鸣早已隐入洞穴
所有枝条如喑哑的管乐

就在塘泥沉重积压之下
藕条通过空心
完成了通畅而洁白的深呼吸

2020 年 1 月

兔子出没山冈

草色已晚，像旧年度的阴影
而不同于草根
泥土下，草根依然潜行

当然，是沿着春天的曲径
无需蚯蚓疏通引道
它只要聆听
鸟鸣召唤，和细雨低声叮咛

要等草叶再长一些，再深一些
深过阳光的栅栏
直到隐蔽兔子的身影
和模糊一只俯冲的老鹰

让白云随着兔子一直奔跑
在新的一年
而无须再去问方或松下捣药

2022 年 12 月

虚拟的圆形

看起来完美如圆形
一座时针的半径
重复着虚设的起点和终点

分针迟疑着，像步履维艰
秒针多么仓皇
一路发出剪子工作的声音

生命不过是被借用的时光量筒
渐渐被注满，而后自动清空

2023 年 4 月

消费日

过和谐路，伞上雨声哔哔剥剥
像细竹燃烧发出轻微的爆破

雨伞树细致地撑开绿雨伞
榕树垂下胡子
好像提前占据了多年的春光

林间空地回旋着斑鸠的升降调
像童年沿着丘陵小跑

打开手机看看
当天阳历正巧 3 月 15 日

路人稀少。当我独自行走湖畔
仿佛第一次消费了春天

2023 年 3 月

落叶安排了春天的工作

春天里，菩提树一片一片地
辞退自己的树叶

树荫下，竹扫帚日复一日地清扫
还有细叶榕的和秋枫的
而风雨声无法扫除

三四月，在海边
是落叶安排了春天的部分工作

2023 年 4 月

盗土记

带上小铁锹和编织袋，去了
南山的树荫下
首先盗采了阳光的斑点

我理解的净土应该是覆盖着
鸟鸣与落叶的
比如，焦褐色的松针
和褴褛的阔叶

还有腐败的茅草和枯燥的
蝉壳。它的长鸣
被风声和流水一同带走

细土多疏松而漏过我的指缝
就像流失多年的时光

我是临时的盗跖
未经山神许可
却巧取浓缩的一片土地

我道歉，为此还破袭了
一队蚂蚁的路途

土里不只是有土
赶在春种之前
把它们送达小区半空

然后装蒜，栽葱
播撒省略号般的菜籽
再培植一棵桂花或给多肉增肥

一两只蜜蜂穿窗而入
就像追讨
一座大山丧失的微小领地

2021 年 2 月

去年白鹭

每一次盘旋都在刷新形象
扇动的却是去年的翅膀

滑翔水田间或潮汐接合部
借助风力增速减速
而后残雪般飘落闲庭般信步

这海天边缘，名词石头般古旧
不安的动词却初生般簇新
如阳光照耀，江河入海
而海水晃荡
去年白鹭到新年里追逐潮流

2023 年 1 月

旧船博物馆

穿越了一生的风浪和渔业
停泊于芦苇簇拥的港池
多像潮汐的尾声

海鸭浮动，像轻巧的船只
仅仅带动了止水的皱纹

曾经的楼船，疍家人的命运
任星光浮动或颠簸
满船渔获
都不及靠泊岸边的一盏渔火

终于得以告老还乡
对于一艘渔船
完整的躯壳就是无憾的生平

狂风骇浪或暴雨雷电
无从临摹和表演
阳光虚静

多像一颗颗安放的良心

白鹭低飞。天地如瞌睡
芦花晃动像频频赞美

2023 年 1 月

流失

没等到拿不动刮胡刀的那一天
我已杂草丛生，满脸荒芜

不再是当年的山川
也无从收复流失的水土

时光没有褶皱，没有起伏
也没有深度和广度

当众鸟离巢，秋山虚空
一众枯木在静待下一季春风

青天上白云踱步
像在俯瞰一条人间道路

月光隐没的夜晚
梦境里明媚的群山仍会走动

2022 年 11 月

树上的天空

公园里，那么粗壮的树干
应电锯切割声而
坍塌

纵使比皇恩更浩荡的
春风或飞鸟
也无法回填
那片顿时裸露的天空

2022 年 2 月

夜雾

雾在冬夜，像雨水可视的呼吸
或它返回人间的灵魂

这黑夜，无法也无须漂白
路灯光芒模糊为
被包围的形状
像虚胖，或过度失眠

这空气般均匀的浮世
这乳化的丛林
沉默如隐身

一身灰色羽绒海边留步
我是一朵浓缩的雾团

2022 年 1 月

余生的白

梨花用燕子穿梭的墨点
填写了春风的空白

萤火熄灭的子夜
电光从天上闪回人间
白得仓促，草率

好在秋霜比菊花缓慢
如节令的脚注
这敷衍的白
让草根最后一次清醒

不似我的这一生，没纷扬过几场雪
是月光的灰烬落在头顶上
堆积着余生所有的白

2022 年 1 月

在西湾看见新年

潮声撤退。桑田似的滩涂
像晾开的一份老皇历

白鹭临水环绕，像道别
或在反复盘点什么
不像鱼群，离去之后无从返还

唯有岁月深广而法力无边
它指点每朵浪花
变成每一天
而一次涨潮就送达了
又一个新年

2021 年 12 月

岁月不落叶

岁末过鸟鸣和林中空地
风声四处走漏
而从不收藏任何秘密

不像江河
涨春汛，涌洪峰，而后干涸
再留下礁石和竹篙的标记

所有漩涡缓慢下来
像年轮一样
圈阅水的前世和今生

不像岁月这棵常青树
叶子就像每一天
每一天又都像新年

2021 年 12 月

繁星在弥补夜空的破绽（组诗）

路过芦苇花

仿佛许多年不曾相逢
彼此间隔的
不只是几度秋风

此地冬暖，无雪无霜
回身之间
芦苇花一样会白茫茫

就像到了农历三十深夜
要替代一个人
怀念曾经一场盛大的月光

在一朵白云下

青天在上。这高旷站台
足让每一朵流云
俯览或独白

先说山川大地老成持重
或起伏，或平铺
说大海渐渐缓慢
江河减速
每条路都像人间归途

再说到季节的一些细部
比如匍匐的矢车菊
要攀爬南山
最终渴于半道

就要说到最后了——
这边海，太多草木依然苍郁
寒风到此，只是过渡

不像你我一旦失之交臂
各自仅剩归途

芭茅草的秋末

绯红的手掌微微招摇
像婴儿绽开的微笑

忙于抽穗的芭茅草
桃花般粉饰而舞蹈般妖娆

秋风最后占据的领地
花穗涌动如猎猎旌旗

并非要标识又一次胜利
或要兑现某个期许

只是宣示一场短暂美丽
之后，便连接荒芜

像酒一样回忆

多年前沉湎芬芳的秘密
在桂香深处
在小河坝的流溅声里

木窗是敞开的肺叶
夜色凝结如露珠
而悄然滴落
直到蟋蟀歇息的黎明

多年后，我是歌唱的寒蝉
而不再是环绕的蜂鸣

庆幸我仍以饮者的身份
酌小酒，蘸夜色
默写土地、雨水和星辰

再回顾荷叶托举蛙鸣
写桂香探入窗沿
并署上尘埃般陈旧的姓名

接近封笔，最后一个字
还会写爱
像回忆一场宿醉
不为忘却，也不为赞美

柑橘亮起黄灯

丘陵小幅度转弯的坡地
安排不下表里山河
这边海，平缓如灰鸽

新农村水泥路延伸的弧度
像环抱，又像绕开

当黄昏降落
江山苍茫如无边疑问

车路过果园正要加速
幸而柑橘亮起千百盏黄灯

田园秋景

午后池塘像醒来的目光
暂且收纳白云
却隐忍了雷电的声张

庭院前依然飞鸡走狗
主人在，鸭子不远游

白鹭降落了几只
同款雪衫
高矮胖瘦却各自相安

果蔬包裹黑色的衣裳
和琥珀一样的甜心

水稻完成金黄的成色
麻雀反复起落
像在演练留恋和缠绕

云上路过一队候鸟
别离人间赶往远方

繁星在弥补夜空的破绽

秋冬秘密交接的夜晚
草木陷入无边的黑暗

灯火已远。虫鸣零落
而犬吠声隐约
像不速之客骤然路过

天河如溃堤
繁星流动着璀璨之美
如此亲近又如此久违

只因为路过人间
习惯低头行走了太多年

村道失明，像倒悬的深渊
繁星继续流动
像逐一弥补夜空的破绽

2021 年 11 月

建筑的尾声

终于逐渐零落下来
锤子击打的节奏和力度
仿佛在固定什么
以便于记挂什么

曾经共同抬举过一座建筑的
钢管，碰撞着架子
拆除的声音——
仿佛期待下一次重组

楼林像一枚枚耸立的楔子
插足海边的空虚
像是为了增加大风的阻力

2021 年 12 月

最后的光

每天清晨醒来，庆幸窗外
再度输入微白天光
从无声来临到悄然熄灭

犹记起年少时奔跑的黄昏
亡命般闪过丘野
身后追逐一地凌乱的磷光

直到很多年后才知道
骨头的一生
其实，积蓄了最后一场蓝火

2021 年 9 月

云中记

1

银灰色机翼悬而未决
一次俯瞰，足够一生苍茫

棉花朵朵，如山如坡
一次纺织，足够天下暖和

亿万只绵羊簇拥，散步
一次清点，完成一世放牧

2

餐车移动。咖啡或冰红茶
海拔高过了八千米

而我只需要一杯纯净水
仿佛饮下最小一朵白云

3

青天纯粹而近于虚无
白云无法代表它的局部

不像飞行轨迹
一道航线是它隐形的全部

4

机身抖动，像打了个寒战
空姐目光晴朗面带春风
她代表积雨云
向乘客表达气象的歉意

"下雨了，下雨了
飞机要淋湿了!"
小孩子欢呼着，面带惊喜

此刻，如果路过干旱的大地
我权当参与播洒甘霖

5

告别机舱而回看最后一眼

夕阳如此珍贵
像黑布袋里掏出的金币
且仅此一枚

但夜色如债务般沉重
落地机场所有灯光
都不足以支付

2020 年 11 月

第三辑

雨滴默念着虚空

屋檐下疾风像在奔赴

但今夜，所有石头不再走动

鹧鸪，一座虚拟的山谷

西向的窗扇终年留出空隙
不只为聆听风雨

众鸟齐鸣像一同司晨
有高亢，有咏叹
也有沉吟
像太平盛世里忧国忧民

此度春光有限，仅够容纳
西湾展开的多声部

多么庆幸鹧鸪"咕咕，咕咕"
有升有降，有起有伏
就像为我搬来一座虚拟的山谷

2022 年 3 月

树荫下传来我的名字

走向小区南门对面的
核酸检测点
暮色弥漫如雨末

此刻，秋风出没人影纷呈
灯光和大白是习惯性的指引

突然间听到有人大声呼叫
我的名字。循声望去
却找不着来源

狐疑间发现再次大声呼叫我的人
叫黑哥。他完成核检
正从树荫下走出
但很快陷入西湾的黄昏

2022 年 10 月

怀念夏日的弧形黄昏

小时候，坐在老家的瓦檐下
飞鼠雷达般一遍一遍地
扫描黄昏

这一切无关邪恶的隐喻
和苍生祸福

只知道它在捕捉蚊子和飞蛾
只觉得它像暗夜里
盘旋的流星

但不陨落。它反复穿梭
像纺织黑暗
却从未留下任何阴影

直到多年后的鼠年春节
才想到这个曾经的邻居
我不曾赞美
但从来也不怀敌意

2020 年 2 月

记鼠年春节读一首诗

九年，不算太久。仍会让人
记起日本东北三陆近海
剧烈晃动的春天——
里氏九级地震和六米海啸

"灾难并不是死了两万人或八万人这样一件事
而是死了一个人这件事
发生了两万次"
《死了两万人这件事》，北野武
写下的三行字
却耳鸣般让我读了，又读

就在鼠年春节
以及此后更多的春天

2020 年 1 月

花香的颜色是白的

此时海边已是冬末
白浪微弱像在憩息

当雪花落在电视机屏幕上
打一场雪仗多么平常
如果能去一趟很北的北方
要么，能回一趟村上
看梨花如云而李花如雨

或等到三四月，柚子花香如浓雾
蜂鸣嗡嗡，且歌且舞
当山岭上野金樱花开遍
像清明洁白的怀念

多少年了，一直记得
花香的颜色是白的

但所有累积都不及这个春天
如此众多的白，汹涌的白

2020 年 2 月

空荡

作为一个仓皇的急行者
过于空荡的十字路口
让我，缓慢下来

像要确认红绿灯数字读秒的
真实性。像徘徊于
连载日记记下的魔幻现实

此刻，车辆稀松人间空旷
我独来独往
生怕将自己暂且遗忘

红灯焦灼。绿灯像在释放
我再次缓慢
为下一个十字路口
腾出更多的空荡

2020 年 2 月

借一片树叶出入

1

好在枇杷叶和露水坠地时
我连续多日的咳嗽声
就止住了

且赶在庚子年春节来临之前
我的病已属于旧年

2

楼下，熟悉多年的植物邻居
在黑夜里倾听春雷
沐浴春雨

早上就来了阳光
一棵棵树如大梦初醒
比如，黄皮果树叶片油绿
鲜亮，如童年的明眸

比如木瓜树年度总结般
硕果累累
让人想起"瓜瓞绵绵"

再比如枇杷叶厚实挺括
像铸剑者
像沉默的武士，在护卫

3

三五声鸟鸣返回枝叶上
表达春意

朱槿树下偶尔晃过一张
贴着口罩的脸
让彼此认不出多年的邻居

4

相对于必要消费一两张餐纸
我还是选择一片落叶
比如鹰爪树叶
呈桃叶形状
让我想到旧体诗中的桃符

作为一叶清凉的替代物

搭在手上
用以拉开门禁的门
再摁下电梯按键
用到枇杷叶
因其阔大而一分为二

善待每一片落叶
这是珍惜庚子年春天的
一种方式，或唯一方式

2020 年 2 月

自证

白发如飞蓬。却找不到
一家开张的理发店

但必须得重新找回自己
要去验明正身
为自助办理一张新的身份证

一把测温枪抵近头部时
我举起无形的双手
"36.3℃"，像一句通行口令

摘下口罩。听从机器指引：
再输入一长串数字
自动照相——
"您的头发挡住了眉毛……"
机器再三提醒
让我感动于它执着的耐心

摁一下指纹，塞张纸币

再眨眨眼

像在确认我就是自己的证人

2020 年 2 月

土豆之歌

厨房地板是它的座席
圆胖模样
就像低声念诵的僧人

而更多时候
它就是完全沉默的本身

一定是郁结太久或被遗忘
才长出紫红的嫩芽
那是霉菌的第一次预警

而动刀之前，一定要留情
当一颗土豆传达了
它的慈悲和善意
而从不包藏任何祸心

送它到泥土中去
种它回春风里去
新的枝叶是它重生的言语

2020 年 2 月

木棉，复活的雄心

冬寒拖延了很久
虎年木棉迟疑于往年
像老去的英雄才缓过几口气

然后再在枝头上
重新点燃雄心

2022 年 3 月

一个幸存者说

你送离的场面像一次决堤
或一场倾盆的泪雨

灵车缓缓开去
天人永隔
爱，也从此永隔

灵车缓缓开去
但如何载动
你一个人和你一家人巨大的悲伤

2月18日，享年51岁
你深爱着的一个人
"爱草爱花爱生活"的人
再也来不及看一眼
珞珈山上的樱花

2月19日，一个个素昧平生的人
平安地活过了53岁

43 岁，33 岁

23 岁，13 岁

或者 3 岁

他们结伴而行，踏步春色

为鸟鸣声声和桃李明媚

其实，人世间没有太多寿星

而是一个个生命换来的

一个个幸存者

2020 年 2 月

月光是弯曲的

在丘陵坡地上仰望夜空
月光是弯曲的
就像村道从密林间
盘旋而上
仅仅袒露了下坡时
拐弯的一小段

笔直的路已通往天堂和远方
不像我，短短五十天内
再次迂回
回到一棵大榕树下
再次彻夜守灵

今夜的月光仅凭一碗清水
就足以盛下
虎年的悲伤早已透支
就像一条无法偿还的河流

岁月长于月光，此生
我只记住两个农历日期：

六月十二，八月初二

自从隐入永远的迷雾
我的双亲
再也无法回见村前的月光

2022 年 8 月

在一片杉树下

一片杉树下，两座崭新的
圆顶土房相挨相依
房顶上，杉树在长
像针叶的刺痛也隐隐在长

走出了人间，从此毗邻而居
一生至爱的双亲
泥土般沉静
下一次烟火
从此等到来年的清明

另一个世界一定已复制好
一样的山川和土地
一样的圩日和农历
一样的河边步道
还有高速和即将飞越的高铁

但这一切远远都赶不上
我用余生来怀念的
速度和密度

2022 年 10 月

凌晨时分

榕籽簌簌坠地。如雨滴剥落
纺织娘走出细小的车间
夜色降下所有清凉

犬吠声疲倦而近于敷衍
间歇的空当大于
凌晨的鸡鸣

只剩下星光密集俯视
这人间多清醒
而深眠者，从此永远深眠

2022 年 8 月

越冬的方式

手机上，黑色消息密集如夜雨
像一棵棵老树被蛀空
而倒伏在兔年春天的黎明

就在虎年夏天，我至爱的双亲
从蝉鸣的人间相继走失

他们仿佛有所预见
而从土地深处
提前躲过了虎年的冬天

2023 年 1 月

演练

偶尔地，用食指抵住太阳穴
中指勾动扳机
像一把无声手枪击毙自己

天花板垂直脸面
而肉身与大地
因此得以保持临时的平行

平躺着，双手习惯性举过头顶
不是模仿岩画上青蛙的舞蹈
而是对于时光
表示一贯的投降和臣服

一些梦境浩荡如草原
一些梦境陡峭如断崖

而坠落中的每一次惊醒
像勒马，像死而复生

2023 年 1 月

像春天的过错

如果我是山中的一棵病树
那么，怀念就是
一只啄木鸟

最后剩下的，是疼痛的胸口
和渐渐被凿空的躯壳

枯木不会复活
就像浪花注定不会结果

雨水擦亮湖泊的眼窝
一棵倒伏的老树
就像春天无法挽回的过错

2022 年 3 月

石头教会我做个沉默的人

三分形似。或花鸟或走兽或儒艮
七分神似则弥补于想象

来自山谷或水底
奇崛的石头自带弧形的凹槽
那是场洪水撤退
而后刻下回声般的漩涡

或僧或佛，都是石头
天生的徒子
圆润，或慈目善眉
就像一生修为的模样

偈语默念着，一遍又一遍
空洞处，像遗漏的时光

奇石阁外，雨滴默念着虚空
屋檐下疾风像在奔赴
但今夜，所有石头不再走动

2021 年 7 月

曾经的飞翔

1

鲲鹏的行程多么汪洋
超越人类最初的神往

直到航天员返回地球
仿佛还愿千年梦想

2

十五月圆，桂花正香
偷服长生不老药
就会长出诱惑的翅膀

无人再尝百草
上天也炼不出后悔的药

衣袖有多宽广
寂寞寒冷就有多漫长

3

如果一生要云游四方
收件人地址不详

神通人士来到人间
创造了无数高楼和空房

4

放牛郎就要起飞了
乘一张牛皮
竟然越银河并追上仙女

千百年来流传一个
臆想的美名，叫爱情

5

地球是陨石抵达的驿站
流星像迟到的逝者

宇宙多仓皇。从容者
唯独时光
但从不飞翔，亦无须飞翔

2022 年 2 月

黑天鹅，或 2222-02-22

那些冰川停落在地球的树枝上
仿佛日益单薄的翅膀

想象 200 年后，某月某日
人类旅居太空时
会记下一页页航行日志——

2222-02-22，2222-02-22
2222-02-22，2222-02-22
……
多么密集的飞翔
仿佛足以抵御强大的磁场

这满天的黑天鹅方阵
是在回顾和模仿
消失了 200 年的 2000 种鸟鸣

2022 年 2 月

缓慢的翅膀

我终将落叶般回归故里
抵达杉木覆盖的山岗

与生前相处甚少的先人
从此成为永远的邻居
门面朝着群山和大海的方向

像三四月集结各路鸟鸣
再用阳光的铲子
在我潮湿的新屋上
种一棵枫树，或香樟
沐春风，栉冬雨
像挖掘天空，而努力生长

我终将长成一棵参天古树
根植大地，如深刻思想
纷飞落叶
就像盘桓人间的缓慢的翅膀

2022 年 2 月

秒针一样的早晨

不用电光照路擂鼓催征
大雨自觉的脚步
纪律般工整

无法检阅大雨的队伍
如此训练有素
仿佛与生俱来且来自远古

天地间没有任何运动
来得比风云久远
而比一场大雨年轻
就像故人之间不老的怀念

无法等来大雨的休止
且静心聆听它
秒针一样
嘀嘀嗒嗒运送时光的声响

2023 年 7 月

片刻的大地（组诗）

仿佛是卵石

不是拥抱而是放弃。如同流水
琢磨着如何松开石头
而仅仅将它们的棱角
悄悄带走

抚摸

簇拥天空的未必是山巅
而是匍匐的湖泊
或井泉一样凝望的深渊

云朵经过归雁，而归雁
经过秋风。秋风会经过
池塘和泪眼
当枯枝渐近而荷香已远

汹涌之光

无从彩排或预演。树叶响动
就像自发的呼应和掌声

每个漩涡都不是句号或疑问
如同洪涝所归纳的
已不是法则
而只是陈述暴涨的事实

水痕就像一道篆刻
记忆却是一页草书

片刻的大地

就像一副消耗水和食物的
行走工具
而我不过也是其中之一

从初春走到秋冬
未必就走进收藏季节

果园里所有果实都不属于我
正如雨水和泥土或春风
也不属于我

聊可拾取的只有落叶
像枯蝶的絮语或旧日历

曾经的闪电或战栗就像脚下
这片刻的土地
沉默终将是永远的结局

2023 年 8 月

第四辑

月光隐退，草木侧身

在离别的秋天

每一片落叶都是最后的怀念

秘密花园

幸而有一道被花荫引导的石巷
幸而有一扇被午后阳光
虚掩的木门
我们的潜入，如同无声的叩问

幸而有一座小拱桥轻轻地连接
让我想起它在摆渡
岁月，星光
酒样的玫瑰，和黄姚的秘密

幸而有沉默的鸟鸣，就像那只
一身宝石蓝的孔雀
这依然停顿在人间的锦簇花团

幸而还有翡翠一样的芭蕉丛
此刻它的凉风
成为一种闲余
但暴雨曾经的敲打
仍是令人怀念的、寂寥的回音

幸而是个秋天，才从你的明眸里
映见三月的桃红和明媚

2020 年 10 月

迷途秀水村

就像饱和阳光和绿水青山的代名词
比如，朝东镇秀水村——
难以重复的一座瑶族状元村

别忘再前缀"富川"两个字
就别提有多美丽，多富饶

在此小住。你的目光会月光一样
抚摸这错落的旧居

秋晨露重，而鸡鸣阵阵
像学堂铃声般急切

赶考书生的布鞋沾上霜色
进士状元的出路
已勒为劝学碑文
让后人敬仰

秀水村没有歧路
我们却误入迷途

只为追赶时光
和时光一样清澈的河流

一千三百多年，日月行走
我们恰好共用百年
就像生命中一次奇妙的邂逅

2020 年 10 月

落叶是最后的怀念

国家森林在此聚会
大山座谈生态之美

春风制造簇新的词汇
像写四季的回文

蝉声抱树，忘我竞唱
这爱情赞歌
直到最后一副躯壳

清泉独饮，浆果自醉
雨水落下，蘑菇打伞
直到枯萎

到荒僻处看见潦草兽迹
像仓皇的经历

月光隐退，草木侧身
在离别的秋天
每一片落叶都是最后的怀念

2021 年 10 月

凉意是黑色的

老式电扇转叶淅淅沥沥
淅淅沥沥……
那均匀的响动
让我仿佛听出了雨意

黑暗会比十六楼更深
就在它一次次
覆灭闪电的瞬间

凌晨三四时。雷鸣喑哑
留下夜雨独自敲窗

此刻，人间寂静

2020 年 8 月

八月八日的记叙

醒来已是九点半的阳光
很多年来
睡眠第一次如此漫长

带着三分雾气。这阳光
多像立秋日葡萄酒后
你微醉的眼眸

竹丛弯腰，像在晃动水墨意韵
惜此刻，雷鸣将至
而天近昏黄

就留下你门前的那片蕉林
替代我聆听秋夜的雨声

2021 年 8 月

落雨时分

这倾斜的雨声多么稠密
让人找不出怀念的空隙

行至入海口
一道江流多么静默
像在空蒙中俯身倾听

如果风声真要停摆了
那么水与水
就会自然垂直
像清晨六点
时针拼命抻长了分针

天空会宽容每一片疑云
像大地会收纳每一个灵魂

你说过的"江河有不干涸的理由"
而我仿佛只剩下一季雨声

2021 年 9 月

缠绕

风声已紧，像一条枯藤
仅剩下脉络和线索

冬夜已深，像要触底
反弹的不是春天
而是回忆

就像依然温暖的
手感般缠绕的一条围脖儿

2021 年 12 月

夜读

想起她的时候
他就合上了厚厚一本诗集

窗外重复五月黑色的雨声
像模仿竹简的古籍
怀念如流水
他盲人般无从学会断句

曾经的大地多么起伏和温润
石板巷上的酒旗
在梦里招展
一些词语比石头古老
忘却，艰难于一场超度

"她用头发做了一座密林
为了让他在林中迷路"
越走越远，而无法回头

于是他合上厚厚一本诗集
接下来是想她的时候

2022 年 5 月

自述（组诗）

@
我是自己的静电而隔离于
风干物燥的秋天

抱薪者在远处
一根火柴
就能完成短暂的自燃

@
就像自己治愈部分的
一支松明
隐藏于深夜的裂缝

背对电源。我是一根
独自缠绕的线圈

@
所有絮叨有如风中木叶
沉默才是执着的表述

就像置身大树深处
向下挖掘的根须

@

祝福是一块光滑的磨石
磨亮生锈的语言

而当所有词语用遍
只剩下纯粹的怀念

@

一塘荷叶像平铺的睡眠
青蛙和夜雨为它发声

一棵树以鸟鸣为直径
画下的却是沉默的圆

@

不是一块画布
用颜料反复涂抹或覆盖
像一堵被封锁的
五彩墙面

我们只是一幅曾经的国画
是纸和墨的遇见和洇染
没有重笔或补笔

而钤印应用了唇形和心形

浓淡的，像经历的山河
留白处是天空的沉默

2023 年 4 月

在下弦月

与生俱来的古榕树顶
星光渐次启明

屋后，墨云比山林拥挤
仿佛筹备一场大雨

蝙蝠像浓墨
一圈一圈地涂抹黄昏

鹰鹃像穷尽气息，一声接一声地
多么急切，像要返回
几十年前的暮春夜晚——

流萤提灯游荡
水稻田蛙鸣密如鼓点
古枫下筼水淙淙
村童奔走嬉闹
而不知道时光转眼苍老
……

不似今夜

回忆比草木茂密，比山川辽远

一枚下弦月无法完成收割

2023 年 4 月

大雾里想到流动的名字

足让我和春天一同沦陷的
是谎言般的弥天大雾

同时沦陷的，还有夜鹭
和鱼群拨动的水纹

在海堤上，我独自游走
看江山隐形，路灯瞌睡

此刻，美人已从云中撤退
累积了三年或三十年的美
早被掩饰或自废

就像入海口隐藏了所有去向
和一个个流动的名字
比如南流江、钦江和防城江

还有童年一样遥远的丘陵腹地
一条被放慢了的刁江

多年来，我一直身居下游
学习大海的宽容和回忆
终会有一天
大雾般覆盖一切
如同将前世和今生一一遗忘

2023 年 2 月

在时间的下游

渐渐地，正在失去追逐的能力
如同一片木叶之于秋风
一朵灰云之于春雨

太多年了，终日坐望入海口
如同守望于时间的下游

海风乍起，波光晃荡
仿佛翻阅一页页不安之书

2022 年 11 月

杜英的迷途

正午，阳光倾泻如瀑布
覆盖所有草木和曾经的来路

已然初夏，还有谁能像春天一样
承办一场如此盛大的花事

仿佛要释放全部的忧郁
杜英缓慢爆破
平生的白与素，有与无

酒样芬芳，像五月迷途
自带落雪的速度

伫立时，鸟鸣稍息而蝉声急切
落花间，蜜蜂踉跄如同醉步

2021 年 5 月

搁浅

一个隐者不轻易说出他的怀念
如同一泓池水无法回忆
它来自哪个雨天

波涛并非在表达大海的激动
只因为无法按捺
又一阵大风

已是九月。伫立海湾侧畔
像站在岁月的边缘
看沙滩停泊
看白鹭留鸟般盘桓眷恋

常常搁浅于月夜。海面一马平川
所有船只未必都能返回港口

当内心的风暴早已平息
灵魂却悄然出走

2022 年 9 月

沉默

像电子邮件般寂然无声的
是替代脚步抵达的
微量词语

沉默是一座空荡的码头
不知道还能运送什么

岸线如旧线索
曾经牵引过汹涌的潮水

漩涡重复着，像一个个
没有答案的疑问

深宵里侧卧。就像陈年庙宇
遗忘的一间耳房
仿佛又听到
月光曾经拨动雨水的回响

2022 年 9 月

舍弃

标记着一道道吃水的刻度
大船舍弃了一阵风

因为天生只会游泳
鱼群舍弃了天空

生怕白日梦和时间被打破
我舍弃了闹钟

2022 年 1 月

长夜

很简短的几行文字停落在
冬至这个夜晚
一切就变得河流般漫长

失眠在海湾边上，却总忘记
这个晚上是否出现过月光

只知道最漫长一夜过后
人生就渐渐简短

2021 年 12 月　冬至

药粒

无法主张自己的天气
明月推出晴空
而积雨云带来荫翳

一些隐疾叩问着子夜的关节
一些风声在树叶背后藏匿

哪怕片言只语，或两三个字
也足够一天的留意

就怕它们成为指缝间
再次遗漏的药粒

2021 年 10 月

那年书生

石板路幽蓝而古巷深深
他们不再擦肩而过
而相互确认
就像失散了
大半辈子而得以重逢的书生

岁月是一扇半掩的木门
爱是一只推手
在黄昏之前和微醉之后

桃树犹在，像在回忆一段春风
荷枝枯涩，犹记盛夏的颜容

那个秋天，他们路过状元村
却是弃学多年的游人
忘了看金榜，也不期待题名

2021 年 10 月

送到月光下面

月圆的程度让人想到某个农历
当我们一起穿过北海的街区

这一路红绿灯，与月光
间隔着一朵云的距离
如同与一颗星
也间隔一船渔火的距离

子夜时分。被庞白兄弟
带到银滩
此刻潮水不知退到多远

千里之外那场夜雨
如能赶到此地
会比月光辽阔而比沙滩空虚

2021 年 7 月

立秋的交叉小径

那么高大的木棉树影下
一些鸟鸣散落下来
一些黄叶
也散落下来

海洋公园里，竹帚刷动的声音
一阵又一阵地——
劳作的惯性，像打扫秋风

抬头时，看到一些花正开在
叫不出名字的树上
就像秋天和春天相互遗忘

曾经路过的交叉小径
落叶有多深，怀念就有多深

2021 年 8 月

停顿

半途中蓄意的一次停顿
两个多时辰
足够打盹儿回忆往事
和虚度一段余生

既然甘于无望等待
就无须追问你在或不在

车站如故地
重逢总是少于别离

检票口吞没的背影里
恍见曾经目送过的你

2021 年 7 月

森林的低语

我爱群山一样起伏的森林
如果它们起伏了千百年

我爱它们的四季，比如
新娘似的春风
被雷电烧灼过的枯枝
以及骊歌一样盘旋的落叶

当然还包括它所有声色的收藏
从花腔一样的鸟鸣
旧草绳般的兽迹
再从木虫的钻研到木耳的倾听

森林的语言，有一千种
而源于绿色的母语
所有枝干
像破折号一样向天空伸展，注释

而句号无须太多，如圆形蘑菇
写下偈语或结语——

有年轮和轮回的生命
永无竟时

2020 年 11 月

去远山

秋风不息，像是忘记了疲惫
山道松弛，如同岁月痕迹

斜阳拉长身影而愈加贴接地气
溪水清亮，只为完成一生的洗涤

晚烟里，我目光弥漫
像是回顾一场场奔走和聚散

河流在低处奔涌
只留一途竹影
杉木林的坡度上升而墨绿深降

松果坠落——问候大地的暗语
黄昏喑哑——倦鸟收拢的树枝

群山如海，而星光如航标灯
几十年了，在身心之间
我从未抄到一条近路

2020 年 12 月

杜鹃杜鹃

目光游移着。像在寻觅什么
他的表情如同往事和落叶

为什么不是一只鸟或鸟的名字
而是亡命开放的
一丛丛杜鹃花
又开在她曾经走过的路旁

无法绕开时他倚靠路边
或坐进树影里
浏览春天
仿佛穷尽一生最慢的速度

2022 年 3 月

迎春路上

这个冬天是越走越深了
但阳光的余温
仍在。像羽绒，像炭火的余烬

或因爱之名，或因爱之实
一次美好回忆
足可一生用来寄存和取暖

就像沿着一路鸟鸣
能够返回鹧鸪天
溯源而上
就找到一眼深远的甘泉

此刻，木棉树在风中晃动
像在擦拭阳光
然后，擎举又一场炬火

2020 年 12 月

战栗

埋伏在所有事物的末端
比如门把手、水龙头
比如发梢
或一条古巷的尽头

雷电已远。当秋风四起
拍打着门窗
就像挨家挨户搜查什么

却又空手而归就像一阵风
留下的干涸事物
产生的静电
一直隐藏在各自的指尖

2022 年 10 月

第五辑

山道上，游客在雨雾中

呼应彼此的名字

那声音，连同声音里的名字

总比大雾消失得更快

在岔山村，年轻了一次（组诗）

过楚越境界

像秋天午后的哈欠，那鸡鸣
从岔山村出省
一声接一声地，去了湖南

在此地，最密集又遥远的
就数两千二百多年前的
马蹄声了
沿着潇贺古道，一路南下
一次次地敲击着广西

那时，货运队伍多么蜿蜒
带着盐味的火把
一次次延迟了楚越的黄昏

走着走着。多少脚印就隐没了
幸而，车辙还在
石头路也在
连同苔痕和蓝光，都还在

不似那天，我们一同出了省界
鸡鸣声，想带也带不回来

贩运月光

那么坚实而古老的商道
到此一趟
总要经营点儿什么吧

显然，买不起一小片河山
也抬不动一条光滑的石条

就进老屋，穿旧巷
仿佛赎回了一段旧时光

或在岔山村住下
无所事事的夜晚
趁着天青和虫鸣
往北，或往南
一起贩运一道月光吧

等下个夏季

福溪村是大山抱养的孩子
千百年后就像石头和流水

成为自己而生生不息

贤祖周敦颐宦游
路经此地
他的墨迹形同荷塘枯枝

就等下一个夏季吧
刚刚侧身
仿佛就让过了一阵秋风

每棵大树都是药和凉爽的别名

小时候就知道被苦命人
所比喻的黄连——
一种饮气吞声的草本植物

后来才知道这清热解毒的药味
不再是糖的反义词
而因此被比喻，又被赞美

人到中年，当渐渐熄灭怒火
偶尔才想到穿心莲

那一天，路过石板桥和流水
我低下的头颅渐渐抬望
就因为黄连变为摩天的乔木

在村口，一站两三百年
不知道它记下了
多少个乳名、老者的拄杖
和日月贩送的时光

也许，它倒是忘记自己
众多的别名——
比如鸡冠果、药木、凉茶树……

每棵大树都是药和凉爽的别名
黄连木是我匆匆路过时
被惦记的那一棵

在岔山村，年轻了一次

老房子比石头年轻
石头比时光年轻

难道这就是人们热衷怀旧
并热衷访古的理由

回忆的手掌无法抻平的折痕
却远胜于胸中丘壑

就在潇贺古道旁

年过五十的我
和百岁阿婆合个影
一下就变回了孙子的模样

2021 年 12 月

侧身观左江斜塔

首先，要找准中流的石头岛
坚定并垂直自己的内心

但九十度急转弯，让一座塔的
角度，顺从了一条江水的
走向。回旋的余地
只能留给下一个滩头

风的旋涡因饱饮水雾
而呈现微醉步态
一座塔的站姿
不过是模仿了山势的剪影

时光的迷途至此而驻足屹立
像倚靠虚拟的背景
当初，不过是为了镇住
奔突的河妖

而今，乾坤浩荡现世安稳
苔痕长出岁月的皱褶

如草坪般躺平
倾斜的四角风铃时刻响动
就像遗传般的预警

一座斜塔，一道流水
看似一生厮守和缠绵
却像侧身挥手
从此诀别各自的江山

2023 年 4 月

花山，欲雨季节

两千多年，就像短暂的冬眠
花山岩壁上落下蛙鸣
像阵雨
左江两岸，自此没有
一片旷日干涸的土地

山势陡立如同巨幕
一半阻隔
一半又像拱卫
赭色的图腾继续舞动
就像先祖的篝火仍在蔓延

左江，一道流动的翡翠
正沿着岁月的墙根
贴山前行，一路吟古诵今

2023 年 4 月

在云中打盹儿

华南最高处。四百里越城岭山脉
一只卧猫仍在云中打盹儿
白日梦像流动的疑问

千万年来，每个白昼似在假寐
夜晚再从草木的沉睡中醒来
踱以雾一样轻盈的步态
像在巡山，走寨

出产奇花异木和它们的阴影
豢养飞禽、龙蛇和山鼠
以及白云和月光

唤来了立春，雨水和雷声
下放一条资江去了
资源和邵阳
再下放一道漓水
去缠绕桂林和佛山

迎送所有枯荣之美

往来皆有声

一切如呓语又如流水

2020 年 3 月

不只是映山红

春风在爬山，走的都是花步
溪涧若琴弦，弹出鸟鸣

猫儿山，一百八十多道弯
告诉你春天的吟唱
有多婉转，又有多漫长

那一天，我们抵达老山界和红军亭
听到的却是一路雨声——
绵密，执着而急促

让人想起八十多年前
黑暗中游动的火把
引领一支翻山越岭的草鞋队伍

帐天席地的，是满山大雾
仿佛让人忘记所有草木

三四月，杜鹃花篝火一样燃烧
期盼春天的仪式

多么地炽烈、隆重

像是从江西一路唱来的
那支民歌，叫《映山红》

2020 年 3 月

注：老山界，位于猫儿山自然保护区，是红军长征翻越的第一座难走的高山，因老一辈无产阶级革命家陆定一的同名散文而闻名，上有陆定一亲笔题词的老山界碑亭。

奔腾的，和日渐缓慢的（组诗）

大藤峡叙事

奔波者终于疲惫而须停顿和休整
就像奔跑的秒针变成了
分针和时针

蓄积着流水时光与落差的能量
一座大坝在秋光里合龙
如同一把巨锁
暂且阻截了一段江山和云雨

"龙王过滩心亦寒"
一条黔江——
曾经的魔鬼航道，正潜入水底

奔涌了千万年而从此日渐舒缓
如同揪心的唢呐声
变奏为深沉的大提琴乐

水底的蓝天变得一千倍辽阔

而一万朵白云
亦将在此际会，涌动
直到往来的船只将它一一熨平

"大藤峡"，伟人手书的
三个大字，红霞般照暖一条大江

鹅鸣金田村

耳边回响起 19 世纪 50 年代的鹅鸣
和它所掩盖的 12 座打铁炉
打铁的声音

众声杂错中，一把把旧犁耙
被锻铸为刀，为剑

压抑了半个朝代的炉火
在金田村，越烧越旺
烧成冲天大火
烧出广西，一路烧到了金陵

仅仅十几年。一众万岁、数千岁
形同一场水火，再被
倾盆血雨迅速浇灭

站在金田村古木下

打铁声，像挥之不去的耳鸣
而令人深思，令人警醒

在西山上遇见

上西山，会遇上众多真迹——
比如，入石三分的镌刻
及其落款，且漆以丹青
岁月再附之以苔色

马尾松如寿者般屹立
五百多年的身世
让游人遇上明朝和清朝

千万种生灵终将老去
唯有乳泉童子眼眸一样
清澈，轻灵
像初临人间且终日清醒

若心坚如石，则当濯以涧水
或泡一杯西山清茶
再吟诵一遍遍环绕的经声

所有疑难，不过是预设了
藤蔓一样的纠缠
而浮云和青烟，终生无阻

别忘记，竖一竖大拇指

那是一支与你同行的上上签

2019 年 11 月—12 月

桃花湾

一条江的命运终会绕山而去
半途中拐出一座村落
和一道河湾

二三月里，带走桃花之后
便怀上一江鱼虾
当然还有隐士般的河螺

四五月，两岸青禾
被鹧鸪叫绿
六七月，池塘呼风唤雨
一夜间就住满荷叶和蛙鸣

这些景色，仅仅是路过
桃花江自有它的锦绣前程

就像一首歌里反复咏唱的
风景和去向
桃花江纵有一百个不舍

最终还是去了下游

继而，投奔了传说般的漓江

2019 年 11 月

在雨雾中呼应彼此的名字（组诗）

蝉鸣低处

六月的求偶声此起彼伏
像大合唱的高音部

仿佛极尽平生气力
因为爱只有一个夏季

枝叶间的咏叹调一直在唱
直到生命只剩下
一副躯壳

蝉鸣的速度小于螳螂的拳法
却大于圣堂山的回声

时光捕手无处不在
却又无形
就像一只只透明的黄雀

珍奇之解释

大雾和云雨常驻的世界
山道是陈旧的索引

只有针叶和阔叶混交林带
青黄相接，枯荣更替
且日日维新
就像嫩芽吐绿同时落叶纷飞

人世间尚不知道罗汉松
如此稀奇珍贵
且如此众多
只因为几百年了
它们一直集会在圣堂山上

一步跨过了几个世纪

相对于山上的每一棵老树
我不过是时光临时豢养的
白发童子

一棵罗汉松侧卧于山道上
只当是站了几百年
站累了，暂且歇息

跨过一棵老松,就像跨过了
几个世纪

雨雾中那些名字

先说千丈悬崖,和悬崖上
命悬一线的一棵棵老松
如长者正襟危坐

再说鸟和鸟鸣之后的寂静
接下来才是雨和雨声
那些流动的名词
沁凉地淌过夏日的脚踝

唯一安静者正如大雾
而木叶则要等到秋风
才发出飒爽之声

山道上,游客在雨雾中
呼应彼此的名字
那声音,连同声音里的名字
总比大雾消失得更快

2019 年 7 月

白云很忙

"闲来偏笑白云忙"
在黄姚，过带龙桥
迎面遇见了这句下联

各个摊位错落水边
云影从他们脚下悠然路过

摊主神态自若，春风拂面
既从容于日常生计
又像复读着一生的白云

此刻，抬头看看天上
天空一碧如洗

果然，白云一直很忙
忙到三界外，忙到了蓝天外

2019 年 12 月

在茅台渡口 (组诗)

在茅台渡口

抿到第三口，暮色就暗下来
川黔水陆交通咽喉
由此就顺畅了许多

就因为一道赤水河
昼夜穿过
每朵漩涡，近似于酒窝

多少年了，这条河
已从革命史上流过
从课本和银幕上流过

漫说四渡，疑用神兵
让多少目光
回形针般惊奇而错愕

1935 年寒冬。那坛酒
一直珍藏心中

伫立茅台渡口
算出已然 86 年的年份

不等抿到第四口
仅凭回味，就足以让人陶醉

仰望娄山关

一座天桥拴牢面对面峭壁
猎猎旌旗如同炬火
凌空时，脚下生风

娄山关，黔北第一险隘
一道致命的关口
就像回音壁
让人听到 1935 年冬
密集的枪声和破关的嘶喊

弹孔早已填满苔痕
立壁上那首雄词
让所有目光深深仰望并反复擦拭

过黔之路

夜雨如追兵，驱赶赤水的速度
让它一时浑黄而名实相符

草木深绿而被丘陵和山地排布
或如巨浪般起伏
或如垂直如帘幕

每一条河都师出有名
亦有出处，就像典故

不像黔之路，一会儿紧贴大地
一会儿隐入山腹
再一会儿，又从云上飞渡

2021 年 7 月

在岩寨，疑是听到细雪的声音

已是大年初四的深夜
很适宜落一场细雪了

比如草垛上只留下敷衍的一层
那也是薄月光和细雪
一同来过的明证

程阳有八寨，我未及一一投靠
而只在岩寨陈家木楼
饮下两杯热乎乎的糯米酒
像温习阔别多年的
老家年味，连同木屐
上下楼梯发出木质的响动

此夜，我的梦境和侗寨鼓楼
终于得以如此亲近
与黑色犬吠
只间隔一层杉木板的距离

深更里，屋瓦上

仿佛有人撒落一把把沙粒

如果打开了两扇木窗
像支起两只耳朵
仿佛因此听到细雪路过的脚步声

2022 年 2 月

一夜三江

是水做的三江
昼夜奔流七十四条大河小河
我仅从一条林溪河上路过

是木制的三江
传说般一百零八座风雨桥
而我才记住一座永济桥

还有一百五十九座鼓楼
而我才环绕了一夜的
笙歌和篝火

只能认下这一连串的数字——
七十三。一百零七
一百五十八。一年里
剩下的三百六十四个夜晚

不只是一夜三江
对于更多的河山或光阴
我已欠下了一生的脚步

2022 年 2 月

在边境民兵哨所

这一夜，且与蟋蟀声抵足而眠
而暂忘山道隐没于松涛间

流云游走于青霭上
三两声犬吠溅泼于鹰爪树前

这一夜，守在民兵哨所上
鼾声或许会跨越国界碑

布满苔痕的猫耳洞
仍在黑暗中竖立
就像多少年来它们一直清醒着

这一夜，梦到了五月一日的尾声
风声憩息，星光微茫
暂停劳作的山川
在渐渐平息的虫鸣声中
抵达静美之境

山前，野木肃静而乌鸦于飞

像在回收最后一抹黎明之灰

当天色微明。鸟鸣声声
一遍遍地叫白了晨光

2019 年 5 月

路过大风车

一架架国家大风车坐落于
草木和丘陵之上
转速沉着。像思想者
从容运作不属于自己的江山

多年来，占据无人要地或高地
比如湖边、山脊
以及隆起的平原，和海湾侧畔

在虚无时空，千万架风车
仅仅是捕风
并借用无边法力的千万分之一

2023 年 4 月

十万山中（组诗）

十万个虚实

十万，究竟是个实数还是虚指
就是借来一千只鹰眼
也无从细数

浮云巡山时复制了山势
而最终留白
大地之有正缘于天空之无

一场大风从天而降或起于南麓
形成弯道或旋涡
有时会高过山巅
有时又低于草木的腹部

而今时，我再次去到山中
仅为了却一些细小事宜

不觉天色近晚而人已黄昏
回望座座青山

从容端坐，不悲不喜
像目送人间往来的众神

松下

是琥珀的前身，未及透明的松脂
一直乳白着。像凝结的泪花
或忍而未发的灰烬

太多年前，大瑶山深处
是一把松明温暖
并凿穿了一个个漫漫寒夜

松鼠不过是大山寄养的
一只精灵或宠物
草木深处，药师隐入前世
松涛是海的回音壁

一条高速公路正从山中掘进
当你从开挖的裸土中遇见
一枚贝壳化石
就像验明了某种正身

上游

就像草木连同它们的叶尖

都是一滴露水的上游

如同每一滴水
都是河流的上游

太多年前，我还没遇见大海
而忽略每条河流的去向
很多年后，当我潮水般撤退
往往又忘记山中的雨滴

河床的意义

流水日夜清醒而从未疲惫
显然，河床存在的意义
不在于提供睡眠

而白云变黑，变得沉重
仅仅是为了返回
河流的故乡

2023 年 3 月

眼看着一座大桥正要渡江

知道潜龙在渊多年之后
才第一次抵达郁江

此时，飞龙大桥正由北向南
日渐合龙的身段
将在这个冬季凌空渡江

抬眼看着青天在上，白云在上
低头时，才恍然想到
一座大桥的取名
竟然源自盛产鱼生的一座村庄

自此不再偏居一隅
也不再隐姓埋名

江流稍稍迟滞，像在盘点鱼群
而后继续顺流而下
并提前一千多里水路抵达大海

2022 年 12 月

顺从

顺从青山起伏的走势
每道河流自然落差
像隐形的台阶

河流被大坝挽留为湖泊
像辽阔的名词
获得回旋的余地
不像流水只有片刻今生

但凡奔腾的事物都能解开疑问
就像一张通行证通过闸门

2022 年 12 月

鬱，我记下了一个繁体字（组诗）

鬱，我记下了一个繁体字

使用了多年的我的姓氏
像棵黄叶落尽的老树
偶尔草书
不过是一条简易的枯藤

不同的是，关于玉林的前身
得像小学生一样
一笔一画才写得工整——
单凭一个"鬱"字
就足以构成密集的原始森林

"千年古州，岭南都会"
鬱林州，郁林州
像繁体字一样久远

第二次抵达玉林之前
就记住了一座大容山
还有一条圭江——

不走寻常路，由南往北流

还须到"鬼门关"走个来回
当年苏东坡路过在此题诗
像在庆幸自己得以
两次生还

半山辞

大容山从来都不属于你我
无论目光如何殷切
也无论如何反复吟哦

云雾飘忽，去来无意
猛兽出没草莽不逞英雄
却如居士般隐逸

长木如碧浪，际天连云
却又独自枯荣
像深藏一生的功名

不必推敲流水的韵脚
不必恪守高山的格律
云水辞是慢词
是无辙的自由体

落叶都是主语
鸟鸣是绝句
所有色彩都近于修辞
所有天籁都在诠释
时光的教义

如果云水怒，雷声疾
风雨稠而江山乱
那只是急就章
是插曲，是透明的泥石流

江山安泰如亘古不变的名词
不似你我的脚步
才到半山，就要连累草木
就像一组多余的动词

还有什么比水声更年轻

再往下，身段就会放到最低
只为看清一道莲花瀑布
如何倾斜，如何垂直
完全触底之后却又完整如初

林影斑驳而密叶障目
听听水声有多细致
一座大山就有多滋润有多和美

长瀑从天而降，如飞练
又似长弦，自弹自唱千年万年

出山后才回想起南流江源头
如此汪亮
就像婴儿扑闪的大眼睛

还有什么比水声更年轻
坠落瞬间就抵达了永恒

2021 年 10 月

更多读书人正从远方来临（组诗）

偶尔，我会忘记

大白天的深度自然不及夜晚
林中缓行，像灵魂的步幅

竹丛拥挤的声音，如喘息
白皙身子像月光的皮肤

冬日午后，村道暂时空荡
如果走下去
也会抵达流水
一个人的身影会被带往远方

天继续蓝着。而阳光暖和
仿佛回忆中的体温

像走神那样，走着走着
偶尔我会忘记
像月圆时分经过那天花的村路
突然才想起遇上了农历十五

在一个村庄的下游

窗外，日日熟视的入海口
当潮水退却
防城江渐渐延长最后的段落

是水与水的融合而无法交错
并非每条河的命运
最终都能交付远方与辽阔

不像生命无法回溯
一滴雨水，一片绿叶
都是一条河流细微的源头

自从那天花归来之后
才记起我的所在
一直是一个个村庄的下游

一些砖木在重新结构

杉树圆木在构造祖屋的形状
石家村的苔色到了辛丑年
正呼应着格桑花，打开冬天

斧锤叮叮。刨花翻卷如细浪

锯子的尖叫是短暂的
脚手架在扶正倾斜的老砖房

一个舞台将要完成搭建
等待的是一场新年会演
条条村道在延展
它的弧度
像优雅的转身和回旋的舞步

致那天花小学

那天花小学已空闲多年
像漫长的暑假和寒假

古龙眼树盘踞，如长老
密集的慈竹比时光年轻

鸟鸣声和鸡啼声仍在
读书声远去
更多读过书的人
正从更远地方一次次来临

2021 年 12 月—2022 年 1 月

第六辑

这世间多熙攘，也多湍急

而你是一条自己的路

从不与他人拥挤

在第三百六十五棵大树之后

——略读弗罗斯特诗集《林间空地》

鸡鸣声超过一棵大树的顶部
也超过一片丛林
而马蹄会比一座农场辽远

西海岸旧金山，像陈旧的童年
或黄金时代的末世
终其一生
我也无法抵达你的马萨诸塞州
去温习"乡巴佬儿智者"的脚印

你一生和自己竞走
轮换着左脚和右脚
像崭新的笔迹复制发黄的诗页

"我的长镰对大地低语"
你割倒的野草比秋天还要寂静
不像你写下的小戏剧诗
充满嘈杂和絮叨

等待的一场大雪早已降临
直到淹没大树的脚踝
你夜色般吟哦
像厚厚积雪
却无法覆盖浓重的树影

要走出你的林间空地
大约在第三百六十五棵大树之后
如果半路记得刻下一串标记

2022 年 6 月

像灵魂推动着灵魂

——读波斯诗人鲁米

不一定能长成春天或一整座森林
姑且长成一棵花木吧
"一切都是灵魂，并会盛开"

如若结出一枚坚果
就要学习核桃仁静默的滋味

如若阻塞于行途中
无须刀斧砍伐
且以"火焰吞噬荆棘，
就像在吃甜心"

光洁如前额而幽深如背影
只要心中有光
就如同"当月亮不躲避黑夜，
它就会始终明亮"

河道多古老而流水多年轻
肉身如尘土

灵魂的枝条却得以永生

仿佛刚刚起身走离
不觉已过七八百年
此刻，窗外黄昏降下
海风卷曲寒意
而你的一生，余烬未熄壁炉尚暖

2023 年 1 月

做一朵浪花的姊妹

——致敬葡萄牙女诗人索菲娅·安德雷森

故国的航线包抄过半个蓝色星球
一些岬角留下标记，并存于永久

出发就像一次征服
而归途才是一生的救赎

海岸线一直晃动而陆地边境线
继续静默。像迎候大风登陆
或阳光转弯的翅膀

大海是无边的镜子
照见你白帆一样的风度
和涟漪般的笑容

从清晨开始每天的散步
用花蕊呼吸
用泉水洗濯身心
再用干净的声音命名万物

也曾鸥鸟一样俯冲，惊呼
或潮水般激荡和愤怒

"我死后，要回去寻找
我没有和大海共度的一个个瞬间"
其实，潮汐一直回响
就像你的心跳

你的名声寄存于先贤祠
而你的灵魂已化身为
每一阵微风
和每朵浪花做成了亲密的姊妹

2021 年 12 月

读特朗斯特罗姆

你只是抓住水底的一只铁锚
巨轮不过是飘浮的影子
海面未及冰封
大船就像一座游动的城堡

一个独行者，借助适当风力
更能翻动途中的秘密

仰头时，但见星辰的闪烁如梦
就像半完成的天空

你只是大雨中奔走的一棵树
呼喊就像地下的根须
只为证实——
"每棵树都是自己声音的囚徒"

仅仅动用了百味中的咸
像汪洋河流
你只喝下了最闪亮的泉眼

或在石山中，只借取了
几颗钻石和它们的光芒

你不是城墙，而是城墙上的
月形垛口
探入最重最亮的一线强光

2021 年 4 月

用火焰写下"灰烬"两个字

—— 读叙利亚诗人阿多尼斯

始于 1930 年，像时光长者
你拥有多重身份
却"只有一个国度：自由"

多么庆幸，海边乡村的穷孩子
进入诗歌早于学堂
提前做成"鬼魅的主人"
并让"我让自己登基，
做风的君王"

阿拉伯大地种满忧伤
你的抗争和分担
像穷尽一生用以诅咒和歌唱

一座花园抱紧孤独
你把自己养成一棵大树

山道向上，只为短暂的登顶
你甘当无功而返的西西弗斯

岁月荒芜如失修的旧海港
你习惯于独自远航

用火焰写下"灰烬"两个字
如同用挂钟悬浮时光
而"时光是风，
自死亡的方向吹来"

用诗歌营建一座避难所
再树起灵魂的旌旗，逆风张扬

2022 年 12 月

牧云

——读张子选《藏地诗篇》

不一样的人间或暂离人间
高原为此延绵

当地广人稀。一颗流星
才被黑夜及时发现

不期而遇的一场大雨
形如巨幕
蚁队早已提前急行
而经幡任由狂风抽打

一切恍如回忆
虫鸣循环正如耳语

你用过的色彩比白云素净
用过的数字比十指少
用过的月光，比秋菊淡
你串起的马蹄声
比河流长，也比路途远

你是流动的帐篷，行吟的书卷
或出窍的灵魂
日夜兼程，仅以火石和星光取暖

在雪域边地，你游走四十多年
依然无从找到自己的出处

你的肉身，重于一片薄云
你的灵魂，比一尊佛还轻

2022 年 6 月

剩下的，只有天空

——读卡尔维诺《看不见的城市》

眼下，这一切都很显然：
天色阴郁如灰云
或春天的犹疑

飞机晾开翅膀
候机楼内，乘客埋首于手机上

就要从一座看得见的城市飞往
另一座还没看得见的城市

机场是起点，也是终点
中转就像时间的拐角
却了无折痕

可汗和马可·波罗的问答
正穿越时空的迷宫
虚拟城市悬浮在
江海边缘或大地上空

城市宏大，人类密集
而只需细小叙述
就像大道之于
一枚脚印或近似一道掌纹

多年来，我也读过一些书
仿佛又从没读过
如同路过很多飞鸟
最后剩下的，只有天空

2023 年 4 月

枕边书

一册又一册地堆砌成断墙
或半座城堡的形状
我的垛口透过细长的夜光

远道而来的那些陌生灵魂
自带海岸线、院落和柴门

我只是个路人而偶尔周游
一抬眼就去到
异国的河流和雪山
就像抚摸到一张诗页的体温

比春夜更寂静的千百年光阴
字迹的蚁队正蜿蜒而至
我只负责守望
而从不煽风点火和揭竿起义

左脚和右脚是一生的行距
一本书像躺下的山川
每个人的足迹是一块微小的平地

这世间多熙攘，也多湍急
而你是一条自己的路
从不与他人拥挤

2023 年 3 月

春夏白浪滩（后记）

好多年了，极少去白浪滩，感觉就要被大海遗忘似的。但今年春夏，连续去了好几趟，与不同的亲朋好友前往。每一次感觉都不一样。先前的小树中树已然长成苍劲挺拔的大树，尤以木麻黄树为甚。树荫愈加浓密，海风亦因之更为清凉、细致。

坐在树荫下，看潮水迎面推送层层白浪，孜孜不倦，绵绵不绝。到黄昏时分，鸥鹭散去，人声稀疏，夕阳坠落，海天微茫，顿时让人产生一日沧桑之慨。人与大海之间，每一次接触仿佛要重新打量，重新确认，重新熟悉，最终又相互遗忘。但人与人之间，或因关系亲密，或因话谈投机、三观一致而一见如故。分别之后，一直会惦念着。"我们有幸度过了美好的一天"（李南《防城港一天》）。自此往后，再到白浪滩，自然又会想起这一天的。

其实，27年来，我一直住在大海中间，住在海边。先前所住的渔万岛，是一座名副其实的全岛，前后左右都是海。当然，交通方面有大桥连接。我所在的海湾小城，27年前高速路就已通达，2023年末将被高铁贯通。而今的居所，在防城江入海口附近，距离海湾也就200多米。每日开窗、关窗、站着、坐着或躺着，都能看到海；当然，还看到防城江最开阔的河床如何反复隐现的全部过程。而自此往外10多公里，便是沙滩最为平缓的白浪滩。它还没成为著名景区之前，叫大平坡，我多次去过。那年代，大平坡已有游客光顾，有草寮式排档，保留着渔村风貌。多年后的今天，白浪滩更加吸引游客。

大海其实是个动词，且从无毫秒停歇，即便偏安一隅的海湾——照说是大海休憩之所，但海水仍如永动机一样来往摆动，像在自我淘洗。海平面并不平坦，而是呈现弧形，且显而易见。

有人将流水或海水当成动态的时光，可流水或海水与时光又有什么关联呢？时光一直是静止的，从未流逝，无所谓有无，无所谓古今；而生命是有历史的，有存亡的。人类恐怕忘记才赋时光以文字和历史，让时光将生命串联起来。

大海是世界河流的总汇。白浪滩昼夜涌动的白浪，其实也是世界性的白浪。海洋晃荡了亿万年，每一排海浪早已融合了地球上所有河流。阵阵白浪千万里赶来，要么撞击石壁，要么扑倒于沙滩上，仿佛只为瞬间覆没。浪花瞬间凋零，但覆水可收，回收海中，并重新开出下一排浪花。

没有一排浪花是重复的。看海，是以静"视"动的状态。对于大海，我常怀着敬畏之心。看海，是看每一条河流和自己的今生。看海，得用尽一生的修行。

我采访过捕鲸老人，乘坐渡轮去过涠洲岛，去过海口，去过距防城港 10 多海里远的海域；却没抵达远海。好在，在海边生活了 27 年。我写下一些与海、与山川、与生活和怀念有关的文字，仅为就此存照。

这一切，得感谢白浪滩，感谢这片海，感谢这座让我得以安身立命的海湾小城和帮助过我的每一个人，还有让我更爱生活的每一个人。

2023 年 10 月